Gustave DABRESIL

Récit d'une Journée de Cauchemar et d'Horreur

De l'imaginaire fictif au récit sur le 12 janvier 2010 en Haïti

AVANT-PROPOS

Ce livre retranscrit certains moments d'un jour qui restera gravé dans les annales d'Haïti et du monde entier.

Beaucoup de gens menaient paisiblement leur existence quotidienne. L'imprévu va venir les surprendre. Cela a été si soudain et si violent que des gens (survivants et observateurs d'autres lieux) en sont marqués à jamais.

Les Croyants pensent au châtiment divin. Les Scientifiques parlent de déchaînement de Mère-Nature avec libération d'énergie par une faille sismique sans en arriver à toute prédiction.

Se perdre dans les méandres du Mythe et de l'Imaginaire ne serait pas un crime en soi.

Loin de tout Blasphème et de toute théorie abracadabrante qui ne tiendrait pas la route, nous allons faire une petite illustration mi-biblique mi-fictive de l'avant-séisme et nous allons camper les quelques minutes du quotidien de certaines personnes d'avant et pendant la catastrophe.

Les noms utilisés sont purement fictifs, il ne saurait nullement question de parler de faits réels dans leur intégralité.

Par la grâce de Dieu nous n'avons pas vécu ces moments terribles. A dire vrai pas à 100 % ; la tristesse, l'anxiété nous ont gagné durant l'épreuve.

Au jour le jour, on voulait s'enquérir des nouvelles d'un proche ou d'un ami. Bonne ou mauvaise, la moindre parcelle d'information avait été précieuse. Ces infos cumulées vont être la base de ce récit des événements ayant jalonné la vie de chaque personnage.

Nous n'avons nullement l'intention de raviver des blessures. Notre souci est de raconter le vécu ou les derniers instants d'un parent ou ami.

Nous en profiterons pour dénoncer quelques tares de la société haïtienne.

Entamons d'abord avec notre Imagination débordante avant de faire place au récit entremêlé de regard critique sur la société haïtienne.

Gustave DABRESIL

Chapitre 1 : *Acte Céleste décisionnel*

On est un Mardi de janvier 2010, le soleil est un peu reluisant sur Port-au-Prince et tout Haïti, La météo est bonne sous les tropiques. Pierre, Paul, Jasmine et tant d'autres….vont vivre une journée de cauchemar à nulle autre pareille.

Un des 4 éléments va se déchainer et personne ne le sait. Ce n'était pas arrivé depuis environs deux siècles. Frisant le fanatisme religieux ou se basant sur les récits de l'Apocalypse mêlés à de la Mythologie ; laissons-nos aller à des élucubrations imaginaires célestes.

C'est comme si se défilait un bref aperçu d'une horloge spatio-temporelle dont les aiguilles viennent de s'arrêter sur 4 et 10 sur une même ligne dans un monde angélique avec le Grand Architecte de l'Univers sur son trône. Une sorte de ligne qui doit faire avec son antagoniste un X, symbolisme de frappe contre une cible.

Ce n'est pas difficile de comprendre qu'on entrevoit les Cieux avec Jéhovah sur le trône tenant une Coupe de la main droite et devant lui se tiennent tous les Anges et Archanges. Une vue en survol d'oiseau nous montre leur nombre incalculable.

Une voix devant le trône s'élève et s'écrie :
-- C'est imminent Seigneur, il faut châtier par une plaie pour rappeler aux mortels qu'il y a un Dieu Vivant.
Une autre voix rétorque :
-- Où faut-il frapper ? Comment Seigneur ? Nous attendons Votre décision.
Le Seigneur s'écria : Qu'on m'amène le grand Livre !

Un être merveilleux et ailé, un Ange à coup sur. Il s'approche du Souverain doucement et la tête baissée en guise de respect. Il tenait dans ses mains un Livre ayant une Couverture dorée et on pouvait remarquer des Lettres scintillantes comme des traînées féeriques qui gravitaient tout autour. C'est le silence et l'attente.

Je vis un autre Ange qui chuchotait à un autre :
-- C'est le livre du monde terrestre et dedans il y a toutes les nations représentées par leurs emblèmes.
Il poursuivit en disant :
-- Le Tout-Puissant va choisir une Nation en ouvrant le Livre et Il apposera son doigt pour la designer.

Ensuite rajouta-t-Il :
-- Si ces yeux deviennent brillants comme le Feu ce sera une affliction par le Feu avec des Incendies.
-- S'Il souffle de sa bouche comme pour éteindre un cierge, ce sera un déchaînement de l'Air par le Vent avec un Ouragan ou Cyclone.
-- S'Il renverse sa Coupe, ce sera une furie des Eaux par des Inondations.

-- S'Il tape le sol du pied droit dans un geste de colère, ce sera un grand tumulte de la Terre par un Séisme.

Le temps de ce petit égarement essayant d'entendre ce que disait l'Ange. Le Livre est présenté au Seigneur YAWEH.

Il s'écria : Ouvre-le !
L'Ange serviteur s'exécuta et Le Lui présenta.
YAWEH de sa main gauche pointa un emblème puis souleva sa jambe droite pour taper le sol avec ardeur.

L'Ange serviteur s'écria de nouveau HAITI tout en montrant l'emblème choisi par le Grand Souverain. Un autre de s'écrier : Tremblement de Terre !

Soudain un frisson me traversa et toute la Myriade d'Anges regarde sans broncher le trône. YAWEH vient de le couper la main droite tenant la Coupe.

Va-t-Il la renverser et ajouter un calvaire par les Eaux comme un Tsunami ?

Grand DIEU Miséricordieux, Il reposa la Coupe. De deux maux, cette nation n'en aura qu'un seul : un séisme mais non des moindres vu la façon qu'Il a tape le sol sous ses pieds.

Le Chœur Angélique de répéter :
-- Haïti Tremblement de Terre ! Haïti Tremblement de Terre !

Tout le monde s'est tourné vers un Ange au visage effarouché qui attendait une sorte de confirmation d'ordre en fixant le Tout-Puissant.

Les Dés sont jetés.

YAWEH hocha la tête en le regardant en guise d'autorisation. Les choses venaient de basculer pour cette petite nation des Caraïbes.

Tout allait péter dans les minutes à venir. De l'énergie accumulée au sein de la faille d'Enriquillo allait être libérée pour laisser place à la désolation à en croire après qu'une bombe de plusieurs mégatonnes venait d'exploser.

Les Jacques, Pierre, Carlos, Guillaume, Axel, Paul ….et/ou leurs proches (parents ou amis) Nancy, Gisèle, Adrienne, Myriam, Nadège, Sarah, Lydie….j'en passe…vont vivre chacun à leur manière ce tragique instant. Certains sont morts, d'autres sont toujours vivants (diminués, très marqués ou résignés).

Aux morts, nous disons : Que leur âme repose en paix !
Aux vivants nous disons sous couvert : Chaque instant de la vie mérite d'être vécu avec respect !

Chapitre 2 : *Sérénité sous le Soleil d'Haïti*

C'est comme si j'étais transporté par des nuées vers la terre avec une approche visuelle qui grossissait sur la cible. Ce bout de terre Haïti en plein dans les Grandes Antilles, au relief escarpé avec sa capitale Port-au-Prince bruyante avec les va-et-vient de tap-tap, les palabres des gens dans la rue, l'amassement de petit groupe devant des postes téléviseurs pour regarder une télénovela latine. A voir le visage des jeunes hommes et femmes pour la plupart, ils ne se doutent de rien. C'est un jour comme les autres.

Les minutes et les secondes passent. Ils sont loin d'imaginer qu'une catastrophe leur pend au nez.

Sauront-ils réagir convenablement ?

16h 51mn 09
Laboule

Pierre inspecte le chantier de sa maison, il y a les ouvriers et maçons qui font le crépissage du mur de la façade. Il doit aller chercher sa femme à Fontamara 27 dans 20 minutes. Sa femme et les enfants sont venus passer les vacances de fin d'année avec les grand' parents. Elle réside au Canada avec les enfants mais son mari rentre souvent en Haïti pour y construire la maison de leurs rêves. Les enfants sont âgés respectivement de 10 ans pour le garçon Pierrot et de 6 ans pour les jumelles Annie et Anna. Il se trouve dans la cour avant et regarde attentivement ce que font Osnel et Jonas, les deux ouvriers qui font leur boulot.

Pierre : Plus vite Jonas ! La madanm avèk bèl-mère ap tan-n mwen.

(Dépêche-toi Jonas ! Ma femme et ma belle mère m'attendent, je dois partir.)

Jonas : Mésyé Pierre, map dégagé-m pou-m voyé-ou alé.

(Monsieur Pierre, je fais de mon mieux pour vous libérer.)

Pierre : OK ! Un peu de nerf, je vous fais confiance.

Jonas : Très bien !, tout en continuant à enduire le mur de mortier.

Entre-temps, Osnel s'active en remuant du mortier. Il le prépare pour son chef de chantier Jonas. Les deux veulent en finir avec le mur de clôture de la maison endommagé la semaine dernière par un camion qui venait livrer du sable et du ciment sur le chantier du voisin.

Chantier pour ainsi dire, mais aucune cloison en tôle d'aluminium, aucun panneau indiquant le chantier, aucune mention d'un quelconque permis de construire. Parlant de la rue, non ruelle, non impasse…On se demande sur quoi on s'est basé pour morceler le terrain et créer chaque lot pour la construction.

16h 51 mn 10
Centre-ville de Port-au-Prince

Dans un Motel du Boulevard Jean- Jacques Dessalines, Guillaume et Sarah prennent du bon temps. Ils sont en train de réaliser un Kama Sutra digne de vrais orientaux.

Ils sont au summum de l'extase et n'entendent même pas le vacarme au dehors. Une véritable cacophonie avec les klaxons et bruits de moteur de voiture qui passent, le gyrophare d'un véhicule de police, les palabres interminables des passants, marchands attablés et des vendeurs ambulants.

Soupirs de Sarah mêlés au bruit rotatoire du ventilateur de plafond et des saccades du lit résultant des déhanchements de Guillaume défonçant sa femelle jambes en l'air. Guillaume, son membre viril bien raide poursuivait ses mouvements de va-et-vient sans s'arrêter dans un rythme qui s'accentuait, transmettant du même coup des claquettes aux fesses de Sarah ainsi que des ondulations dont peuvent en témoigner son ventre et ses seins.

Sarah : Plus vite chéri ! Plus vite ! Plus vite !
Guillaume : C'est bon ! C'est bon ! C'est doux !
Sarah : Pa kampé, ban-m afè mwen... (Ne t'arrête pas ! J'en veux...)
Guillaume : Oui! Oui ! Ôôoôh ! Aâaâh !, tout en accélérant le rythme...
Sarah : Zzziii ! Zzziii! Aïe ! Zzziii ! Bon ! Ouille ! Aïe ! Encore ! Encore ! Chéri ! Zzz ! Encore !

Les choses tournent au Hard, le lit se met à vibrer davantage...Ploc ! Ploc ! Ploc ! Clac ! Clac ! Clac !

Il est tout proche de jouir. Elle continue de gémir de plaisir...

16h 51mn 11

Champs-de-Mars

En plein cœur de Port-au-Prince, pas trop loin du centre décisionnel du pays. Il y a la place Pétion en face de la Faculté d'Ethnologie. Il y a les marchands de bouquins aux abords de cette place. Les livres ornent les clôtures. La place est très animée, il y a beaucoup de passants sur les trottoirs.

Certains bouquinistes commencent à rempiler leurs livres, c'est plus ou moins l'heure de regagner chez soi. Des écoliers étudient çà et là sur la place, des enfants jouent sur le gazon, d'autres sont en train de courir. A quelques mètres au loin, on peut voir la caserne des pompiers. Il y a des voitures en stationnement, d'autres qui roulent lentement : ce sont des voitures banalisées servant pour l'apprentissage pratique de la conduite automobile.

Tout un commerce informel a pignon sur rue dans toute l'aire du Champs-de-Mars : moniteurs ambulants d'auto-école, marchands de glace, marchands de victuailles, bouquinistes, vendeurs d'objets artisanaux... La nuit tombée, on pourra même y trouver des maquerelles...

16h 51mn 12
Carrefour-Feuilles

Carlos est chauffeur, il conduit lui-même son mini-autobus de la marque HYUNDAI. Il offre des services d'abonnement pour écoliers. Il vient de raccompagner son dernier enfant passager. Il rentre chez-lui pour retrouver sa femme Lydie et ses deux gamins. Jacky l'assiste pour certaines virées qu'il s'offre parfois [trafic Centre-ville / Carrefour-Feuilles]. Il l'accompagne aujourd'hui.

Jacky allume la radio et cherche une station musicale.

Carlos : Là, c'est bon ! Sur un air de musique vaudou.
Jacky lança : Musique d'Azor ! Musique Racine !
Alors ? demanda *Carlos*.

Carlos aime bien la musique racine qui met en valeur le vaudou haïtien. Sa femme est certes adventiste, lui catholique mais pratiquant vaudou. Quel syncrétisme ! On se demande comment une Adventiste peut vivre sous le même toit qu'un Catholique. Ce dernier dont le père est un prêtre vaudou (hougan). Il a même chez lui un rogatoire rempli de boissons, parfums, bougies et portraits (Maria Dolorosa et Salvatoris, Saints Isidore, Patrick, Philippe, Georges….). C'est un héritage colonial, les esclaves ont su s'adapter pour continuer à adorer leurs dieux africains en se servant des Images Saintes du Catholicisme.

Dans le même temps, son épouse Lydie bavarde avec Nancy une amie auxiliaire qui est en semaine de repos. Elles sont assises sur la galerie (sorte de véranda des maisons haïtiennes mais barricadée par des fers forgés pour assurer la sécurité des maisons). Il y en a même derrière toutes les fenêtres. Imaginons un seul instant une urgence telle incendie et qu'il faut évacuer une telle maison. Il n'y aura qu'une ou deux issues : l'entrée principale et par chance une porte arrière donnant sur un espace réduit non dégagé par rapport à la maison. Le moindre pouce de terrains est exploité pour construire.

Nancy : Sa-k gen-la pou bwè! (Il y a quoi à boire !)
Lydie : Anyen ! Map tann Carlos ! Frigidaire-la vide ! (Rien ! J'attends Carlos ! Le réfrigérateur est vide !)
Nancy : Oké ! Gwo Madan Carlos !
    (Toi ! Madame Carlos !)
Lydie : E ou koté mari-w. (Et toi, t'as un mari.)
Nancy : Ou konnin, li pap travay, sé jwé domino ak fè bagay. (Tu sais bien qu'il ne travaille pas, il ne fait que jouer aux dominos et baiser.)
Lydie : Ah ! Oui !

……rires …. Hi ! Hi ! Hi ! Hi !...

Le chien n'arrête pas d'aboyer !
Ouah ! Ouah ! Ouah ! Ouah !.....Ouah ! Ouah !.....

Les jappements sont incessants. C'étaient tous les chiens du quartier qui étaient bizarres selon Nancy. Ils aboyaient tous comme si l'un reprenait l'autre, comme s'ils se passaient un message. C'est bien étrange ! Mais personne ne pouvait faire le lien avec une onde de compression magnétique que les animaux pouvaient capter et qui précédaient l'onde de destruction.

16h 51 mn 13
HUEH, service des Urgences

La salle est bruyante, peu de médecins pour ce grand nombre de malades. Des jeunes résidents et internes en formation qui tentent d'assurer le service.

Une femme sur une civière est très mal empointée et bien amochée. Les badauds chuchotent qu'elle a été battu par son mari pour infidélité. Personne à son chevet pour l'instant.

On raconte que le mari a été arrêté et que c'est sa mère qui est avec elle. C'est Christelle la femme de Jerry. Battue par ce dernier pour délit d'adultère. Elle a eu de sévères traumatismes.

La mère est allée en Pharmacie pour exécuter une prescription.

16h 51mn 14
Carrefour

Myriam l'épouse de Paul cajole son bébé qui pleure. Elle a un enfant de Paul 28 ans. Ils se sont mariés il y a 13 mois.

Ouin ! Ouin ! Ouiiinn ! Ouiiinn ! : pleurs de Gaston 4 mois.

Myriam le tenant dans ses bras, essaie de le calmer avec un biberon et des mots tendres.
Ne pleurs pas bébé ! Pa kryé ti bébé manman !
Elle poursuit : Ne pleurs pas Gerby ! Ne pleurs pas bébé !...
Chut ! Chut ! Chut !...Chut ! Chut !, n'arrête pas de faire Myriam avec le sourire sur les lèvres et en fixant son petit bout de choux.

Myriam continua à le secouer gentiment tout en le tenant sur son épaule droite. Elle va et revient sur ses pas tout en le cajolant…

16h 51mn 15
Léôgane

Paul dispense un cours de Physique au Collège Caonabo. La salle est bondée…3 élèves par bureau disons plutôt par banc car la partie siège est indissociable du pupitre.

On l'entend parler à haute voix de Pression exercée en Pascal, de Force en Newtons et de Surface. C'est un jeune enseignant, Ingénieur de formation qui doit s'adonner à l'enseignement car le marché de la Construction en Haïti se passe des compétences. En règle générale ceux qui bâtissent leur maison font appel à des contremaitres et sont d'habitude les propres chefs de leur chantier.

Les mairies ne font aucune exigence de plans de construction avec détails sur les fondations, le type de sol, les matériaux utilisés. La plupart de nos diplômés d'Ecole d'Ingénieur n'ont qu'à enseigner pour gagner leur pain quotidien. Dans le même temps, toute une frange de la population vit dans des habitations hors-norme pour un pays à fort risque sismique.

Sur ce dernier point de vue, il n'est même pas enseigner dans les écoles que le pays est traversé par de failles sismiques, qu'il y a des normes de construction à respecter, qu'il y a des consignes à respecter en cas de réplique sismique telles le simple fait de sortir et se mettre dans un endroit dégagé après la première secousse car il y aura des répliques qui vont suivre.

16h 51 mn 16
Pétion-Ville (route de Frères)

Nadège sort du boulot et au volant de sa voiture, elle ne pense qu'à rentrer pour se doucher et se reposer. Elle a une berline de la marque Nissan modèle 1998, une Nissan Sentra de couleur bleue avec boîte de vitesse automatique. Elle conduit mais semble parler au téléphone, heureusement que son mobile de type Motorola a une oreillette filaire.

Elle s'arrête à une station-service pour faire le plein. Un employé s'approche de la vitre côté passager. C'est Joe, jeune homme de 25 ans, y travaillant depuis 7 mois. Il cogna légèrement le montant latéral proche de la vitre. Nadège baissa la vitre gardant la main sur le microphone de son kit mains-libres.

Super ou 91 ! dit *Joe*. En parlant d'essence.
1000 gourdes de 91, répondit *Nadège*. Et elle poursuivit sa conversation téléphonique.

Joe : S'il vous plait Madame !, et lui montra du doigt une inscription sur le distributeur d'essence où l'on pouvait y voir un logo d'interdiction de cellulaire et y lire aussi : arrêter le moteur.

Nadège : C'est bon ! Elle tourna la clef du commutateur d'allumage et le moteur s'arrêta de tourner mais continua de bavarder sur son portable.

Joe fit toc-toc avec la main sur la carrosserie. Elle hocha la tête et fit un geste des deux mains et du visage comme pour dire qu'elle s'en moquait.

Joe lui pointa gentiment du doigt la trappe d'accès au réservoir d'essence tenant le pistolet de distribution. Elle s'exécuta pour ouvrir la trappe puis se tourna sur son siège ayant les yeux rivés sur l'afficheur de prix.

Joe a pu commencer à délivrer l'essence ayant introduit le pistolet dans la conduite d'accès du réservoir après avoir tiré sur la flexible de distribution. Il fixe aussi l'afficheur pour ne pas dépasser le prix demandé…

16h 51 mn 17
Centre-ville, Motel du Boulevard JJD

L'acte sexuel bat son plein. Dans ce débauche de plaisir et avec cette dépense d'énergie physique accrue, Guillaume est en sueur. Mais il s'est arrêté soudain et il est comme tétanisé tout à coup. Le visage grimaçant, les yeux fermés, il empoigne fortement les jambes de sa compagne et commence à jouir.

Oh! Oôoh ! Oôoh ! Oh! Aaaa…ah ! Ouf ! C'est bon ! dit *Guillaume* tout en éjaculant dans la chatte de Sarah.

Sarah : Non ! Mwen ka enceinte, Ou pa mété kapòt. (Je peux tomber enceinte, tu n'as pas mis de condom)
Guillaume : Sorry ! Doudou ! Ah ! C'était bon !
Il est épuisé et essoufflé. Sa respiration est haletante.

Guillaume dans son essoufflement : Pf ouf ! Pf ouf ! Pff ! Wop ! Wop ! Chip ! Pff ! Chip ! Ouf ! Ouf !...

Sarah s'est levée pour aller dans la douche, laissant son partenaire très fatigué et allongé sur le lit tentant de reprendre son souffle. Elle est vite de retour dans la chambre, du papier cul en main et elle s'essuie le périnée enduit du liquide séminal gluant de Guillaume.

Elle s'assoit sur le rebord du lit, attrape sa petite culotte qu'elle enfile.
Guillaume : Chérie ! Ne t'en vas pas.
Il lui tient la main et dit : Reste ! Reste encore un peu.
Sarah : Je dois y aller.
Guillaume : Chouchou ! S'il te plait ! Une petite sucette pour recommencer tout en secouant sa bite.
Elle sourit et se laisse convaincre de remettre le couvert…

16h 51 mn 18
Martissant (route nationale vers Carrefour)

Axel est au volant de son pick-up 4x4 de la marque Dodge et doit regagner le Sud laissant sa belle Jasmine derrière lui. Travail oblige, il est

Agronome- Consultant dans un projet à Torbeck non loin des Cayes. Il surveille à travers les rétroviseurs. C'est un tronçon réputé pour les kidnappings, vaut mieux être sur ses gardes.

16h 51mn 19
Pétion-ville

Jasmine se fait un défrisage à la permanente au studio de beauté Etoile 129. Elle a le sourire, elle parle au téléphone avec sa copine Nadège. Elle a des bigoudis sur la tête et attend sous le séchoir.

Jasmine : C'est quoi ce bruit !
Teuf ! Teuf ! Teuf ! Teuf !, est le bruit qu'elle perçoit …
Nadège : Je conduis ! C'est la voiture qui marche mal. Je viens tout juste de mettre de l'essence. Et je crois avoir eu de la gazoline mélangée.

Jasmine : C'est incroyable ! Bon ! Prudence !

Tu sais, le chéri vient de me déposer au studio, il se rend aux Cayes poursuit *Jasmine*.

Nadège : Tu as bien bercé ton chéri Axel. Racontes-moi !
Jasmine : Tu me connais. J'aime la chose et il doit s'absenter pour 10 jours.
Nadège : 10 jours ! Comment arrives-tu à tenir le coup ?

Jasmine : Je viens de faire l'amour pour ces 10 jours. On l'a fait en deux reprises aujourd'hui sans compter hier soir et toute la nuit.

--rires à travers l'écouteur du téléphone---
Hahahahahaha ! Hi ! Hi ! Hi ! Ahahahahahah !

Nadège : Il doit être très fatigué pour reprendre la route.
Jasmine : Tu as sans doute raison. Moi aussi, je suis crevée.
Nadège : Il lui faut un chauffeur.

Jasmine : Je lui en parle toujours, il croit dur comme fer dans les boissons Guinness qu'il n'arrête pas de consommer pour avoir la pêche.

--- rire en éclats de Nadège---
Hahahahahaha….Hehehehe ! Hahahahahaha !

16h 51 mn 20
<u>Fontamara</u>
Domicile de la famille Bernard.-

Adrienne prépare le diner dans la cuisine .Elle est chez sa mère Gisèle qui est assise dans la cour arrière sous un quenêpier basculant sur son rocking-chair (dodine). De la cuisine qui donne sur cette cour, elles se parlent à travers la fenêtre. Les yeux d'Adrienne brillent car elle veut plaire à son mari qui doit venir la chercher ainsi que leurs trois enfants qui jouent.

Adrienne est la femme de Pierre et la mère de leurs 3 enfants : Pierrot, Annie et Anna.

On entend des chants évangéliques d'un poste radio dans le voisinage, les cris de joie, les rires et les pas de course des enfants dans la cour. Ils jouent à cache-cache. Anna avec un bandeau sur les yeux essaient de retrouver soit Pierrot soit Annie. Cette dernière est la plus bruyante…

Gisèle s'écria : Annie ! Trop de bruits ! Un peu de silence !
Adrienne ajouta : Annie ! C'est trop ! Alé chita ! (Pose tes fesses !)
Gisèle de dire : Annie ! Annie ! Silence !

Elle se lève subitement de sa dodine et le visage ferme en signe d'agacement.

Elle dit : Tout moun chita ! (Tout le monde s'assoit !) Et elle reprend aussitôt les palabres avec sa fille Adrienne tout en se rasseyant…

16h 51 mn 21
Prison Centrale de Port-au-Prince

On est sur la cour de la prison, l'atmosphère sinistre, la promiscuité, le spectacle des fenêtres à barreaux, certains gardes jonchés au niveau des postes d'observation et de contrôle, d'autres armés de matraque circulant dans la cour ou postés aux endroits stratégiques pour veiller au calme.

Le gros de l'ambiance est la masse de détenus dans la cour de cette prison surpeuplée. Dans ce tas, il y a un jeune homme assis dans un petit coin réfléchissant au cauchemar qu'il est en train de vivre. C'est Jerry !

Rempli de remords, se sentant humilié et d'avoir agi bêtement, il se repasse dans la tête le film des évènements.

Le coup de fil du correspondant anonyme l'informant des méfaits de sa femme avec le voisin.

Son empressement pour rentrer chez lui et vérifier de ses propres yeux qu'elle était en train de le tromper. Le moment où il arriva devant la maison, pénétrant sur la pointe des pieds après ouverture discrète de la porte d'entrée. L'instant devant la porte de la chambre à les écouter s'adonnant au plaisir de la chair et entendant les craquements du lit. Puis dans un accès de rage, il entra avec fracas les surprenant l'un blotti contre l'autre sur le lit conjugal, lèvres contre lèvres, nus comme des vers, sa femme chérie chevauchant l'idiot de voisin.

Plouf ! Ils l'ont aperçu. Le voisin poussa rapidement la femme, se leva en tremblant et les mots n'arrivent pas à sortir de sa bouche, la main levée vers Jerry, le regard apeuré cherchant tour à tour le visage du mari et celui de la femme. Cette dernière enveloppée dans le drap est restée assise sur le lit avec la tête baissée…

Jerry : Christelle ! Voisin Jeannot ! Vous allez voir qui je suis.

Les choses ont dérapé dès cet instant, il commença par lancer des coups avec un manche à balai qu'il avait auparavant attrapé dans la salle à manger.
Paf ! Bang ! Paf !.... Coups de balai et gifles se succèdent.
Jeannot a pris la suite avec le peu de vêtements qu'il portait pour ainsi dire abandonnant Christelle au courroux de son mari...

16 h 51 mn 22
Laboule

Pierre est debout contre la muraille du voisin d'en-face, main gauche en poche, il se tient sur la jambe gauche, le dos et la jambe droite étant fléchie sont appuyés contre le mur. Il tient son portable de la main droite et est en train d'appeler quelqu'un.

Il tente d'avoir sa femme au téléphone pour l'informer du léger retard et la rassurer.

16h 51 mn 25
Route de Frères

Nadège a eu le temps de terminer la conversion avec Jasmine. Le réservoir rempli, le véhicule bien lancé, elle poursuit sa route. Elle fixe son tableau de bord pour vérifier le cadran d'indicateur de niveau de carburant. Elle aperçoit l'allumage du témoin de ceinture de sécurité. Elle s'en fiche et accélère.
Wraoum ! Wrooooom ! fit le moteur et la voiture file à vive allure. Pas trop d'encombrement sur la route.

Son portable sonna de nouveau. Elle regarde le cadran, l'appelant est Jasmine. Elle prend l'appel et poursuit son bavardage entre copine. Insouciante des risques d'accident, étant distrait par la conversation.

16h 51 mn 26
Centre-ville, Rue du Centre
Cabinet Rodolphe.-

Léon et Jacques, deux collègues avocats travaillaient sur un dossier pénal. Le dossier de Jerry incarcéré depuis 3 jours pour avoir battu sa compagne Christelle prise en flagrant délit d'adultère avec le voisin.

Ils discutent âprement quand tout à coup, le portable de Jacques sonna…..
Driiiing ! Driiiin ! Driiiing ! Driiiin !
Il réceptionna l'appel.

Me Jacques : Allo ! C'est Maitre Jacques du cabinet Rodolphe.
Son interlocuteur répond : C'est Madame Joséphine, sœur de Jerry.
Me Jacques : Comment ça va Madame ? J'étais en train de voir le dossier de votre frère.
Joséphine : Comment se présente les choses ?

Me Jacques : Nous allons le faire libérer.

Joséphine : Vraiment !

Me Jacques : Ouais ! C'est réglé ! Il n'y avait pas de plainte formelle déposée contre lui. Sa femme n'a rien dit et n'a pas porté plainte. C'est sa mère qui avait appelé la Police. Il va être relaxé cet après-midi.

Joséphine : Mais pourquoi ! Alors ! Pourquoi est-il au Grand Pénitencier ?

Me Jacques : Je vous explique Madame. Votre frère a été arrêté Samedi vers 11h30 a.m. C'était le début du week-end, il allait rester en garde jusqu'à lundi.

Me Jacques ajouta : L'unique cellule du Commissariat était remplie. Donc on a transféré tout le monde au Pénitencier. Hier lundi, le Juge en charge du dossier était absent et il fallait attendre le rapport de Police. Ce matin, tout s'est bien passé. J'ai rendez-vous avec un Greffier vers 5h p.m. pour exécuter les ordres de relaxe du Juge.

Joséphine : Vraiment ! Bon bagay ! (C'est une bonne chose !)

Me Jacques : Je me déplace à l'instant pour y aller.
Joséphine : Oké ! Map rivé tout de suite. (J'arrive aussi)

16h 51 mn 29
Delmas

Marcel fait ses courses au Supermarché du coin. Il pousse le chariot (caddie) rempli de couches, de conserves. Il s'arrête devant les étalages d'une gondole des rayons produits laitiers et boissons.

Il s'attarde sur son choix de boissons gazeuses, Pepsi ou Coca-Cola. Finalement il choisit des canettes de Seven Up. Il pousse son caddie d'un rayon à l'autre et continue de faire les courses.

16h 51 mn 30
Route de Carrefour

Axel écoute de la musique sur cassette-audio. C'est dans ses habitudes pour rester éveillé au volant. La route sera longue et il est quand même un peu épuisé après la nuit torride qu'il vient de passer. Il ne songe qu'à arriver aux Cayes pour pouvoir se reposer.

Mais dommage, il est dans un embouteillage monstre. C'est un peu l'heure de pointe après la fermeture des bureaux vers 16 h. Il n'a pas trop le choix, il doit y aller à pédale douce, le temps d'atteindre la base navale Amiral Killick pour emprunter la route des rails.

Pas trop de possibilités, aucun raccourci et pas moyen de dépasser le véhicule devant lui. C'est un de ces bus (bus scolaire) modèle américain rempli à craquer avec un chauffeur ne respectant pas les normes qui freine et stoppe en pleine circulation pour faire descendre un passager. C'est notre bon vieux Haïti sans normes établies ou avec des règles non-respectées. Transgression ou pas ! Boff ! Il n'est pas le seul. C'est comme si c'était la règle. Et que dire des Officiels et Fonctionnaires qui prennent le contresens en allumant gyrophare ou même pas.

Axel s'écria : Ça y est !
Il lança tout de suite : Mwen presque bon, m'pral ka bay gaz.

(C'est presque le bout du tunnel, je vais pouvoir appuyer sur le champignon.)

Soudain, il freine car le chauffeur de l'autobus vient encore de s'arrêter sans allumer les feux de direction. Il entend la cohue à l'arrière du 4x4 de ses outils de dépannage comme la clé en croix, le cric, la manivelle, le câble de démarrage, l'extincteur…

C'était tout juste. Il est en colère mais est tout même soulagé car il n'y a pas eu de collision avec le bus.

16h 51mn 35
Carrefour (Bizoton)

Myriam a pu réussir dans sa quête de faire dormir Gerby. Le petit bébé dort avec les poings fermés dans son berceau. La maman le regarde tendrement et s'éclipse doucement de la chambre pour aller régler quelques tâches domestiques. Mère de famille de plus femme au foyer, c'est fatiguant.

Elle regagne la salle de bain pour aller se doucher et se coiffer. Devant le miroir, peigne en mains et démêlant ses cheveux noirs défrisés par une permanente. Soudain, elle se rappelle des couches sales de Gerby laissées dans la chambre.

Elle s'écrie : Amandine !, Amandine !

Amandine est la –réstavèk- (petite fille de 12 ans, sorte de domestique sans salaire, enfant exploitée). Elle aide madame à accomplir les taches ménagères dans ce 3 pièces (F3), elle va à la boutique (superette) du coin, elle peut même aller au marché selon les commandes de Myriam.

Décidemment, Haïti est loin du Modernisme. En plein XXIème siècle, on a une forme d'esclavage moderne que tout le monde croit normal.

Amandine : Oui ! Ma tante.
Myriam : Koté ou-té yé ? (Où étais-tu ?)
Amandine : Mwen té nan salon wi. (J'étais dans le salon.)
Myriam : Sa wap réglé ? Alé jété daïpèr Gerby a pou mwen. (Que fais-tu ? Va jeter les couches de Gerby.)

La fillette se lève, le regard perdu et fixant le poste téléviseur. Elle regarde avec Magalie (la nièce de Jasmine) une télénovela mexicaine sur la chaîne 22.

Elle court vite s'exécuter pour pouvoir se perdre à nouveau dans ce feuilleton.

Encore une chance d'avoir l'électricité à pareille heure, car beaucoup de mordus de ce feuilleton sont au même instant regroupés dans des espaces restreints à travers la capitale pour regarder ce feuilleton devant un poste téléviseur alimenté par 'Inverter' (onduleur autonome relié à des batteries).

Toujours le même fond dans ces feuilletons, des femmes qui se battent pour l'amour d'un homme. Le triomphe de l'Amour. Sacré peuple sentimental, peuple de rêveur. C'est comique et surprenant.

16h 52mn 02
Léôgane

La salle de cours tenue magistralement par Paul est calme. C'est le parfait silence. C'est à l'ancienne, les élèves recopient dans un cahier le cours du maître. Il donne autant soit peu les explications pour le dernier exercice de Physique.

Paul : Dans l'exercice que nos venons de résoudre, il était question de calculer la pression exercée par les chenilles d'une pelleteuse sur la surface du terrain de volley-ball.

Un élève : Maître Paul ! Après la formule ici !
Paul : La suite, c'est là ! En pointant le haut du tableau à droite.
Paul rajouta : Copiez vite, je peux effacer par ici, ayant en main droite un chiffon imbibé de poudre de craie.

16h 52 mn 13
Carrefour-Feuilles

Carlos est au volant du mini-autobus. Il bouge le corps au son de la musique racine qu'il écoute. Jacky n'a pas l'air trop emballé par les refrains.

Jacky : Kanpé-là pou mwen ! (Arrête-toi là !)

Tout en s'arrêtant, Carlos a l'air surpris.

Carlos : Wap desann, poukisa ? (Tu descends, pourquoi ?).

Jacky ouvra la portière pour descendre et dit : Mwen pwal touché youn tcho-tcho nan bank borlette-saa. (Je dois aller réclamer un petit gain de loto chez ce vendeur.)

Carlos: Loa-w yo ap travay. (Ce sont les divinités-loas.)

Jacky: Ok, à plus tard !

Chapitre 3 : *Première secousse*

16h53mn 10…..   Heure H

Il y a comme un bruit assourdissant, un coup de tonnerre, une explosion…
BAOUMMMM ! BOUM ! BOUM ! BOUM !.....
GOUDOU ! GOUDOU ! GOUDOU !………..

Tout bouge, des cris un peu partout. De la poussière et de la fumée s'élèvent. Le ciel s'est obscurci. Ce sera plusieurs secondes interminables pour beaucoup d'haïtiens.

Nadège perd le contrôle de son véhicule, elle a l'impression d'avoir été poussée par un camion. Sa berline dévale une pente sur la route de Frères.

Elle n'arrive pas à contrôler le volant qui vibre, elle appuie sur la pédale de frein mais c'est l'accélérateur qu'elle a eu. Tentant d'avoir le contrôle, ses mains ont déclenché les commandes d'essuie-glace et d'éclairage-clignotant. Les phares s'allument, l'essuie-glace monte et descend rapidement sur le pare-brise, le gicleur du lave-glace y envoie de l'eau.

Le cœur battant à vive allure, les yeux écarquillés, elle s'imagine le pire. Elle a pu relever le levier du frein-à-main et la voiture freine. Sans ceinture attachée, de son siège, elle bondit en avant. La voiture ne dispose pas de système de retenue à sacs gonflables (airbag), son thorax est venu buter contre le volant et les pneus stoppés brusquement n'ont pu anéantir totalement la force de frénésie du véhicule bien lancée.

La berline vient de terminer sa course contre un pylône électrique avec des dégâts considérables : aileron droit cabossé, moulure de pare-chocs détruite ainsi que le carénage avant, le radiateur semble avoir été touché car de la fumée s'échappe du capot par la calandre et de l'eau s'écoule en dessous.

Elle s'est évanouie…

Sur la **route de Frères**, non loin de là. **Joe** le pompiste qui se tenait tout près de la borne de gonflage chute soudainement. Boum ! Il entend un bruit assourdissant. C'est la toiture de l'aire de ravitaillement de la station d'essence qui vient de s'affaisser écrasant sur son passage un véhicule, ses occupants et un autre pompiste. Il se relève, reste assis et se met à vomir. Il aurait pu être sous cette toiture pas ordinaire en béton qui devrait être en structure métallique. Il est sidéré sur place…

Pierre soudainement est projeté contre le mur de la maison des voisins. Il s'est cogné l'épaule droite et le dos. Il peine à se relever, il a les jambes engourdis, il a l'impression de rebondir par terre et n'arrive pas à retrouver l'équilibre pour se mettre debout.

Pierre : Aah ! Aah ! Ouaiille ! Whouaaah !....

Le mur qui était en train d'être enduit de mortier vient de tomber. C'était un mur sans poteau comme ossature, façon de faire des économies. **Osnel** et **Jonas** sont prisonniers sous les gravats…

Myriam est brusquement tombée par terre dans la salle de bain, elle voit le lavabo trembler vigoureusement, elle a l'impression que le carrelage ondule et aperçoit l'eau de la cuvette sanitaire en ébullition comme un mini jet d'eau qui soulève l'abattant du W-C. En même temps la porte s'ouvre et se ferme rapidement. Le réservoir de chasse d'eau vibre. Elle est paniquée…Elle a la chaire de poule, ses jambes tremblent.

C'est le branle-bas au *Supermarché de Delmas*, **Marcel** voit les gondoles qui bougent, les étalages vibrent, des produits de toute sorte tombent par terre, son chariot vient de déraper. Regard inquiet, tétanisé, il est pris d'effroi…

Dans la salle de classe au premier étage du **Collège Caonabo de Léôgane**, ça secoue grave, des murs se fissurent, le plafond s'effondre, on entend les cris d'élèves pressentant la mort, certains tentent de courir et sont projetés par terre, d'autres paniqués se sont jetés dans le vide à partir du balcon. Maitre **Paul** n'a pas eu le temps de réagir, le toit s'est affaissé sur lui. Le pire, personne n'a eu le reflexe de se mettre sous un banc…

Dans la salle d'urgence de l'**HUEH**, c'est la cohue. Des lits qui partent dans tous les sens, des malades tombés à même le sol, des bruits de crâne, de membres heurtant le carrelage. **Christelle** fait partie du lot. Elle se retrouve par terre, le bras fraichement ensanglanté car le soluté est arraché et la voie veineuse laisse refluer du sang. Beaucoup d'autres malades gisant aussi à même le sol. C'est affreux !

Axel est comme projeté du siège de son 4x4, sa tête vient d'heurter le cadre de la carrosserie, le véhicule vient de rebondir comme si une onde de choc venait de le secouer. Il entend des crissements de pneus ça et là. Il ne semble rien comprendre sur le coup croyant au carambolage…

Jasmine est renversée de son siège, elle est couverte d'éclats de verre. C'est la vitre du studio de beauté qui vient d'exploser. Elle ne remarque même pas sa blessure à la tête, elle essaye de se redresser et cherche son portable.

Rue du Centre. C'est l'incompréhension à la Prison Centrale. Les regards se tournent un peu partout. Ça bouge et il y a un bruit comme une explosion et des vibrations sont ressenties. On se demande ce qu'il y a ? Est-ce une attaque d'assaillants ? Est-ce une évasion spectaculaire qui se trame ?

C'est l'affolement devant le portique de la prison. **Joséphine** est très inquiète pour son frère **Jerry**. Mon Dieu ! s'écrie-t-elle.

Dans le même temps, Me **Jacques** vient de sortir du *cabinet Rodolphe,* le bâtiment vient de s'effondrer. Il a eu le temps de sortir car il avait rendez-vous devant la prison, son confrère **Léon** était toujours à l'intérieur. Est-il toujours vivant ?...

Champs-de-Mars, c'est la confusion totale : collision de véhicules, crissements de pneus, des gens qui courent dans tous les sens, d'autres qui tombent par terre, des bruits comme dirait-on des détonations...

Carrefour-Feuilles, des vibrations se font sentir. **Nancy** et **Lydie** voient leurs chaises qui bougent. Les fers forgés vibrent, les portes claquent. **Nancy** essaye de se relever et se blesse l'arcade sourcilière gauche contre la grille en fers forgés. **Lydie** quant à elle s'est retrouvée projeter contre la porte du salon. Bruits de craquement, des fissures sur les murs et le plafond. La maison s'est vite effondrée.

Carlos était à l'arrêt car un passager devait descendre. Le véhicule tangue, les pylônes électriques aussi. Il a vite compris que les choses tournaient mal. Il pense à rentrer chez lui pour retrouver sa femme. Il est loin de s'imaginer que son domicile vient de s'écrouler.

Jacky, a eu la malchance de se retrouver non loin d'un pylône électrique. Cette dernière lui est tombée dessus. Un point positif, le secteur n'était pas alimenté à pareille heure.

Carrefour à **Bizoton**, on entend les pleurs de **Gerby** dans son berceau. Sa maman **Myriam** est inquiète et en pleurs. **Amandine** est vite allée voir. **Magalie** n'a pas eu la part belle, elle a reçu le téléviseur en plein visage car elle était assise trop proche pour regarder la télénovela.

Fontamara chez la *famille Bernard*, les enfants sont apeurés et ne cessent de crier : *Maman, Mamie*. On entend les bruits de casserole et autres ustensiles de cuisine qui chutent, les bris de verre et de faïences qui se cassent en tombant. **Adrienne** se précipite pour sortir. **Gisèle** sur son rocking-chair qui tremble vient de fermer les yeux voyant la maison vibrée avec frénésie. Elle avait l'impression que la maison venait vers elle. Elle s'est mise à répéter comme un mantra : Jéhovah ! Jéhovah ! Jéhovah !...

Motel du Centre-ville, les bruits saccadés du lit se sont intensifiés. Le ventilateur du plafond est tombé sur **Guillaume** et **Sarah**. Ils ont eu juste le temps de comprendre ce qui se passe que le lit est entrainé par le plancher qui s'effondre. Le plafond a cédé presqu'au même moment. C'est tout l'immeuble qui vient de s'effondrer comme un château de cartes.

La capitale est dévastée, le sol vient de trembler avec fracas. Atmosphère de feux et de sang. Champs de ruines.

Le spectacle est horrible : les bras cassés, les jambes broyées, les gens couverts de sang et de poussière comme des zombis dans un film d'épouvante. Les gravats un peu partout, la poussière qui s'installe partout comme une fumée brumeuse des enfers.

Un concert d'hurlements, de cris…Pas besoin de parler la même langue pour savoir que ce sont des cris de détresse. Le bruit assourdissant, les gens qui courent dans tous les sens désorientés ne sachant quoi faire, les bâtiments effondrés ou éventrés, des corps gisant sans vie, l'angoisse et l'effroi sur les visages.

Des cris de tout bord : Ouaille ! Aah ! Waouh ! Au secours ! Jésus !

Des personnes piégées sous les décombres, d'autres agonisant sous des tonnes de bétons. Des ressacs un peu partout, des portes et murs affalés. Des maisons en miettes, d'autres penchées….

Hélas ! Quelle tristesse ! Quelle désolation !

Incapacité et étonnement, une main sous le menton, le doigt sur la bouche, les mains sur la tête sans mot dire. Des pleurs. Pas de Qualificatif pour tout décrire.

Apocalyptique !

Chapitre 4 : *L'après secousse*

Nadège reprend ses esprits et se retrouve coincée.

Christelle est toujours par terre dans la salle d'urgences de l'HUEH, elle essaye de se relever.

Joe le pompiste est toujours sonné, larmes au visage il ne réagit pas. Aucun reflexe immédiat pour appeler les secours.

Myriam s'est enfin relevée et est accourue dans la chambre pour récupérer **Gerby**.

Amandine l'avait précédée. Pendant ce temps **Magalie** crie au secours dans le salon.

C'est le trou noir du côté de **Léôgane**. Ceux qui ont sauté dans le vide sont morts pour la plupart. Sous les gravats, difficile de s'imaginer qu'il y ait des survivants. **Paul** semble être du lot.

Pierre reprend ses esprits et essaye de rappeler sa femme **Adrienne**.

Nancy et **Lydie** sont sous les décombres.

Carlos est arrivé sur les lieux et constate les faits. Il ne réfléchit même pas une seconde et s'est faufilé dans une brèche pour aller secourir sa femme.

Dans les ruines du Motel. **Sarah** est essoufflée et pris au piège. Elle ressent un énorme poids sur sa poitrine. Elle ne sent plus ses jambes et n'arrive pas à se bouger de là. Elle dit : *Guillaume tu m'entends ?* Elle vient de comprendre qu'elle se retrouvait coincer avec un mort sur le ventre.

Rue du Centre, l'immeuble du cabinet Rodolphe vient de s'écrouler. Me **Léon** est toujours en vie, il avait eu le reflexe de se réfugier sous le bureau.

Son portable en main, il essaie d'appeler Me **Jacques**.

Devant le Pénitencier, c'est l'inquiétude grandissante sur le visage de **Joséphine**. Son frère **Jérémy** est à l'intérieur.

Gisèle reprend une chanson évangélique et se mit à dire à répétition : *Béni Soit L'Eternel !* Elle dit aux enfants et à **Adrienne** de rester dehors.

Axel prend son portable et appelle rapidement **Jasmine**. L'appel a pu aboutir. Mais le temps de parler, la communication s'est interrompue.

Jacky semble être en agonie. Il gémit et est tout pale sous le poids du pylône.

Jonas et **Osnel** sont vivants mais blessés. C'est une blessure légère pour Osnel mais cela semble être très sérieux pour Jonas.

Marcel n'a pas eu le temps de sortir, il est piégé sous les décombres du Supermarché. Du moins, il pourra trouver eau et nourriture afin de rester en vie plusieurs jours tout en espérant une extraction.

C'est la panique de tout bord, on essaye de trouver un proche sur le portable. Les réseaux sont saturés. On s'accroche au portable pour que l'appel aboutisse. On essaye de regagner le domicile. Pas de premier reflexe pour se mettre dans un endroit dégagé.

Pas de préparation pour de telles catastrophes. Des écoliers et étudiants qui se jettent dans le vide. Des marchands qui essaient de tout remballer avant de partir. Des employés et fonctionnaires qui vont regagner leur voiture en stationnement. Les employés de banque essayant de tout ranger avant de partir. Des gens habitant le bord de mer n'ayant nullement en tête qu'il faut gagner les hauteurs par crainte de tsunami.

Les blessés sont légion, un bras cassé, une côte cassée, un membre broyé, du sang encore du sang, de la poussière au point de défigurer les gens. Beaucoup ne s'imaginait pas qu'ils auront à subir l'amputation. Alors que devenir Handicapés dans un pays pareil n'est pas une mince affaire.

Les hôpitaux pourront-ils faire face à la situation ?

Les structures de l'Etat pour assurer la Protection Civile seront-elles à la hauteur de la tâche ?

Tout le monde avait été frappé. Les riches, les pauvres, le gouvernement, le secteur privé, les hôpitaux, la police, la force onusienne…

C'était le grand : Sauve Qui Peut !

Chacun pour soi un cours instant, le temps de comprendre que c'était un séisme majeur. Qui dit séisme majeur, il y aura donc des répliques. Malheureusement, c'est la deuxième secousse qui fera comprendre à non des moindres de rester dehors. Ceux-là qui étaient retournés immédiatement à l'intérieur [au domicile ou au bureau] pour récupérer des effets personnels ou secourir un proche allaient soit réussir ou échouer en payant de leur propre vie.

Les stations de radio-télédiffusion qui cessaient d'émettre pour la plupart. L'alimentation électrique venait d'être interrompue, pas d'eau.

Rumeurs, informations crues non contrôlées par les stations qui émettaient encore. Des brides de nouvelles par téléphone, la panique se généralisait. Hors Port-au-Prince est le centre névralgique du pays.

Pas de nouvelles, il est peut être mort ou gravement blessé. L'angoisse, l'impatience, l'attente.

BOUM ! BOUM ! GOUDOUGOUDOU.......

La première réplique !

Dans son sillage, il y aura un lot d'effondrement et de morts par manque d'informations sur l'attitude à avoir en cas de séisme.

D'autres répliques allaient survenir.

L'Horreur s'installait……..
Rien ne sera plus comme avant.

© 2011, Dabresil
Edition : Books on Demand
12/14 rond point des Champs Elysées
75 008 Paris
Imprimé par Books on Demand GmbH, Norderstedt
ISBN : 9782810612567
Dépôt légal : juillet 2011